안중근 동포에게 고함

大韓國人 安重根

안중근 동포에게 고함

초판 1쇄 인쇄 2020년 7월 24일
초판 1쇄 발행 2020년 8월 5일

지은이 편집부
책임편집 조혜정
디자인 황미연
펴낸이 남기성

펴낸곳 주식회사 자화상
인쇄,제작 데이타링크
출판사등록 신고번호 제 2016-000312호
주소 서울특별시 마포구 월드컵북로 400, 2층 201호
대표전화 (070) 7555-9653
이메일 sung0278@naver.com

ISBN 979-11-90298-92-6 02800

이 도서의 국립중앙도서관 출판예정도서목록(CIP)은 서지정보유통지원시스템 홈페이지
(http://seoji.nl.go.kr)와 국가자료종합목록 구축시스템(http://kolis-net.nl.go.kr)에서
이용하실 수 있습니다.(CIP제어번호 : CIP2020030463)

안중근 동포에게 고함

大韓國人 安重根

자화
상

차 례

동포에게 고함

내가 한국 독립을 회복하고 동양평화를 유지하기 위하여 삼 년 동안을 해외에서 풍찬노숙하다가 마침 내 그 목적을 도달치 못하고 이곳에서 죽노니 우리들 이천 만 형제자매는 각각 스스로 분발하여 학문을 힘 쓰고 실업을 진흥하며 나의 끼친 뜻을 이어 자유독립 을 회복하면 죽는 자 유한이 없겠노라.

__ 변호사를 통해 전한 유언 '동포에게 고함'

천여불수반수기앙이, 보물 제 269-24호 ⓒ문화재청

민족의 영웅 안중근

안중근에 대하여

1879년 9월 2일 황해도 해주부 광석동에서 아버지 안태훈과 어머니 백천조 사이에서 태어났다. 고종 16년이었던 해로, 3남 1녀 중 장남으로 태어났는데, 날 때부터 배와 가슴에 북두칠성 모양의 점이 있어 아명을 응칠이라 하였다. 7세가 되던 1885년에 안중근 의사의 일가족은 기거하던 해주를 떠나 신천군 청계동으로 거처를 옮겼다. 이때 유학을 배우고 무예를 익혀 무인으로서의 자질을 익혔다. 어린 나이에 사서삼경과 자치통감, 만국역사 등을 읽었고, 사격술을 익히기도 했다.

1894년 16세가 되던 해, 김아려와 결혼했는데, 당시 동학 농민군이 일어났을 때, 아버지 안태훈을 도와 함께 전투에 참여했다. 이때 동학군에서 감행한 해주성 공격의 선봉장으로 섰던 김구가 패전하여 피신 생활을 하게 되었고, 이때 안중근 의사의 아버지 안태훈의 초청으로 김구가 청계동에서 몸을 피하면서 김구와 인연을 맺게 된다.

안중근이 천주교에 들게 된 것은 18세의 일이다. 동학군과 있었던 전투에서 얻어낸 군량미의 뒤끝 상환이 문제되자, 이를 문제 삼은 민영준을 피해 명동 성당으로 피신한 것이 계기가 되었다. 그곳에서 성서를 읽으며 천주교 강론을 듣고 천주교에 입교하게 된다.

이후 19세 때 토마스란 세례명을 받으면서 세례를 받았는데, 신앙심이 돈독했던 것으로 알려져 있다.

그가 정치와 독립에 대해 깊이 파고든 것은 27세 무렵인데, 러일전쟁 이후 한국의 주권이 침탈될 위기에 빠지자 중국 상해에 터를 잡고 항일 운동을 벌이고자 했다. 본격적으로 해외에서 독립운동을 일으킨 것은 2년 뒤의 일인데, 재정을 마련하고자 삼합의라는 석탄회사를 만들고, 국채보상운동에 참여하기도 했다.

이어 연해주에서 조국독립투쟁을 시작했는데, 제

동청년회의 임시사찰직을 맡아 의병부대 창설에 힘썼다. 안중근의 독립운동 활동은 순탄치만은 않았다. 서른이 되던 해, 마침내 국외 의병부대를 조직하여 국내 진입 작전을 실행했는데, 몇 차례 승전보를 올리는 등 일본군을 생포하기도 했지만, 결국 패해 다시 블라디보스토크에서 의병을 모아 재기를 도모했다.

1909년에 이윽고 단지동맹을 맺어 동의단지회를 조직했다. 함께 단지동맹을 맺은 12인은 안중근을 포함하여 김기룡, 강순기, 정원주, 방웅석, 유치홍, 조응순, 황병길, 백규삼, 김백춘, 김천화, 강창두다.

이 해 안응칠이라는 이름으로 '인심결합론'을 발표하는데, 인심을 모아 국권을 회복하는 방법과 전략을 논하는 글이다. 같은 해 10월, 이토 히로부미가 하얼빈에 도착한다는 사실을 알게 되어 의거를 결심했다.

이토 히로부미의 방문으로 러시아 의장대가 역사에 사열해 있었는데, 안중근 의사는 그 뒤쪽에 서 있다가 이토 히로부미에게 세 발의 총알을 명중시키고 러시아 헌병에 의해 체포되었다. 이때 '대한민국 만세'를 세 번 외쳤다.

안중근 의사는 일본 총영사관에 구금되어 있다가 뤼순 관동도독부 감옥으로 이감되었다. 공판은 6회까지 진행되었는데, 3회 공판에서 안중근은 '이토 히로부미 죄악' 15개조를 설명했다. 최종판결인 6회 공판에서 안중근은 사형을 선고받았는데, 공판이 진행되는 내내 의연한 모습을 보였다. 이후 옥중에서 안중근은 자서전『안응칠역사』를 탈고했고, 이후『동양평화론』을 집필했다. 1910년 3월 25일, 형제들을 만난 마지막 면회 자리에서 어머니와 아내, 숙부, 뮈텔 주교, 빌렘 신부에게 여섯 통의 유서를 건넸고, 안병찬 변호사를 통해 동포에게 고하는 유언을 건넸다.

1910년 3월 26일 안중근은 뤼순 감옥에서 교수형 집행으로 순국했다. 그의 시신은 지금도 뤼순 감옥 어딘가에 임시안장되어 있다.

위국헌신군인본분, 보물 제 569-23호 ⓒ문화재청

하얼빈 의거-세 발의 총성

러시아와 일본간의 회담을 위해 이로 히로부미가 하얼빈을 거쳐간다는 소식이 안중근에게 들려왔다. 안중근은 이로 히로부미 저격 계획을 철저히 비밀에 부쳤는데, 다른 이에게 그 기회를 빼앗길까 걱정되어 조용히 일을 진행시켰다고 한다.

또 한 가지 걱정은 실패였다. 안중근은 이 거사에 실패한다면, 다른 무엇보다 독립이라는 목적에서 더 멀어지게 될 것을 우려했다. 동료가 필요했다. 그는 우덕순을 떠올렸다. 안중근과 의병전쟁에도 참여했고, 단지동맹원이기도 했다. 하얼빈 거사에 대해 이야기를 꺼내자 단번에 뜻을 함께 하기로 했다.

안중근과 우덕순은 10월 22일 밤 9시 경 하얼빈에 도착했다. 이때 유동하를 러시아어 통역으로 삼아 함께 했는데, 평소 친분 있는 한의사의 아들이었다.

《원동보》라는 신문을 통해 10월 20일 밤 11시에 이로 히로부미가 하얼빈에 온다는 기사가 실려 이들은 그 날에 맞추어 도착했는데, 이는 오모로 거사 동지 세 명은 며칠간 시간을 벌게 되었다. 《원동보》는 이

로 히로부미의 이동 경로를 기사를 통해 자세히 다뤘
다. 10월 18일 따련에 도착하여 지역 일대를 시찰한
뒤 25일 밤 장춘에 도착하기까지. 이토 히로부미는
25일 장춘에서 출발해 하얼빈 역에 도착하는 일정이
었다.

1909년 10월 26일, 안중근은 새벽 6시 30분경에
일어나 7시경에 하얼빈 역에 도착했다. 그는 일본인
처럼 큰 제재 없이 환영식장에 들어갔다. 일본인이
자유롭게 출입하려면 러시아가 검문해서는 안 된다
는 일본제국의 방침 덕분이었다.

9시 15분경 이토 히로부미가 탄 기차가 역사에 들
어갔다. 러시아 군악대가 사열했고, 이토 히로부미
가 기차에서 내렸다. 안중근은 군악대 뒤쪽에 서 있
었다. 이토 히로부미라고 생각되는 이를 향해 단박에
10보 앞으로 다가가 그에게 세 발의 총알을 발사했
다. 그리고 혹시 이 자가 아니고 뒤에 있던 자가 이토
가 아닌가 하는 생각에 그 자에게도 두 발을 더 쏘고,

그 자리에서 러시아 헌병대에게 체포되었다.

안중근이 갖고 있던 권총은 브로닝 7연발이었는데, 이토에게 세 발, 하얼빈 총영사 가와카미 도시히코, 궁내대신 모리 야스지로, 만철이사 다나카 세이지 등 셋을 연달아 쏘아 모두 명중시켰다.

이들이 쓰러지는 것을 본 안중근은 러시아 헌병대에 체포되며 '대한민국 만세'를 세 번 연창했다.

최후진술 15개항

1. 한국의 민 황후를 시해한 죄
2. 한국 황제를 폐위시킨 죄
3. 5조약과 7조약을 강제로 체결한 죄
4. 무고한 한국인들을 학살한 죄
5. 정권을 강제로 빼앗은 죄
6. 철도, 광산과 산림, 천택을 강제로 빼앗은 죄
7. 제일은행권 지폐를 강제로 사용한 죄
8. 군대를 해산시킨 죄
9. 교육을 방해한 죄
10. 한국인의 외국 유학을 금지시킨 죄
11. 교과서를 압수하여 불태워버린 죄
12. 한국인이 일본인의 보호를 받고자 한자고 세계를 속인 죄
13. 현재 한국과 일본 사이에 싸움이 그치지 않아 살육이 끊이지 않는데, 한국이 태평무사한 것

처럼 위로 천황을 속인 죄

14. 동양 평화를 파괴한 죄

15. 일본 천황의 아버지인 태황제(고종)를 시해
한 죄

안중근의 유묵

*안중근 의사는 공자의 말이나 자신의 심경, 교훈적인 내용들을 유묵으로
남겼다.

一日不讀書口中生荊棘

庚戌三月於旅順獄中 大韓國人安重根書

보물 제 569-2호 ⓒ문화재청

일일부독서 구중생형극
一日不讀書 口中生荊棘

하루라도 책을 읽지 않으면
입 안에 가시가 돋는다.

見利思義見危授命

庚戌三月 於旅順獄中 大韓國人 安重根 書

보물 제 569-6호 ⓒ문화재청

견리사의 견위수명
見利思義 見危授命

이로움을 보거든 의로움을 생각하고
위태로움을 보거든 목숨을 바쳐라.(논어)

人無遠慮難成大業

庚戌三月 於旅順獄中 大韓國人 安重根

보물 제 569-8호 ⓒ문화재청

인무원려 난성대업
人無遠慮 難成大業

사람이 멀리 생각하지 못하면
큰 일을 이루기 어렵다.

©문화재청

인내
忍耐

참고 견딤.

天與不受反受其殃耳

庚戌三月 於旅順獄中 大韓國人 安重根 書

보물 제 569-24호 ⓒ문화재청

천여불수 반수기앙이
天與不受反受其殃耳

하늘이 주는 것을 받지 않으면
도리어 그 재앙을 받을 뿐이다.

言忠信行篤敬蠻邦可行

庚戌三月 於旅順獄中 大韓國人 安重根 書

보물 제 569-25호 ⓒ문화재청

언충신행독경만방가행
言忠信行篤敬蠻邦可行

말이 성실하고 신의가 있으며
행실이 도탑고 삼가함이 있으면
야만의 나라에서도 도를 실행할 수 있다.

의거 후 지금에 이르기까지

여섯 번의 공판이 열렸고, 여섯 번째 공판에서 최종 판결이 선고되었다. 안중근의 판결은 사형이었다. 옥중에서 자서전 『안중근평전』와 『동양평화론』을 집필하였고, 심경을 담은 혹은 자신의 마음을 드러내는 공자의 말을 유묵으로 남기기도 했다.

1910년 3월 26일 오전 10시, 사형이 집행되었다. 안중근은 다음과 같은 유언을 남겼다.

"내가 죽은 뒤에 나의 뼈를 하얼빈 공원 곁에 묻어 두었다가 우리 국권이 회복되거든 고국으로 반장해 다오. 나는 천국에 가서도 또한 마땅히 우리나라의 회복을 위해 힘쓸 것이다. 너희들은 돌아가서 동포들에게 각각 모두 나라의 책임을 지고 국민된 의무를 다하며 마음을 같이 하고 힘을 합하여 공로를 세우고

업을 이르도록 일러다오. 대한독립의 소리가 천국에
들려오면 나는 마땅히 춤추며 만세를 부를 것이다."

그러나 그의 유언은 지금도 실현되지 못하고 있는
데, 사형 집행 후 일제가 안중근 의사의 시신을 몰래
매장해 지금까지도 찾지 못하고 있기 때문이다.
안중근 의사의 동생 안정근과 안공근은 관동도독부
로 찾아가 안중근의 유해를 돌려달라 요청했지만, 결
국 돌려받지 못했다. 유해는 현재까지도 어디에 묻혔
는지 찾지 못하고 있다.

1945년 백범 김구 선생이 안중근의 유해를 찾으려
했으나 찾지 못하였고, 이봉창, 윤봉길, 백정기 의사의
유해를 모셔와 효창공원에 안장했다.
감옥이 있던 뤼순 역시 1910년 이후 여러 차례 개간
되어 그때의 모습을 찾을 수 없어 유해 발굴은 더욱 어
려운 일이 되어가고 있었다. 2008년 남북이 공동으로
진행한 발굴 사업에서도 유해를 찾지 못했으나, 안중

근 의사의 유해를 찾는 일은 지금도 잊히지 않고 뜻 있는 이들에 의해 진행되고 있다.